ERIC BERTOMEU

AU DÉBUT DE CETTE HISTOIRE

Les Presses du Midi

- *Illustration couverture :*
  - d'après «la charette de foin» de Jérôme Bosch

Impression PDM

---

121 avenue d'Orient - 83100 Toulon
Tel. : 04 94 16 90 20 - Fax : 04 94 16 90 29
Dépôt légal décembre 2000
ISBN : 2-87867-294-1

I

Au début, bien après le pénible préambule, j'étais allongé et somnolais gravement. C'était mon état et ne voyais que ce que cette condition me permettait.
Pas plus !

J'aurais pu dire : "Ainsi soit-il ! Alléluia ! Amen !"... Si ce ne fut que pour l'exemple - ? - *on* me diffama, me jugea, et me condamna à une peine d'un autre âge :
Le mouvement.

L'examen de cette arbitraire contrition me figea sur mes quatre pattes.
De cet état je ne vis que ce que voit celui qui erre.
Pas plus et je le jure !

Alors *on* me jugea à nouveau et après d'innombrables débats le plus infamant des tourments me fut octroyé comme la fortune au mendiant :
Marcher !... Marcher sur la ligne d'ombre du grand fil à plomb.

Là je sentis bien mieux le lourd reproche des magistrats et celui trop cruel de la vindicte publique.
Mais certainement pas plus que celui qui était debout depuis plus longtemps que moi !

À l'évidence je déplaisais profondément.

La justice perquisitionna mes faits et leurs moindres arcanes.
Enfin, comme s'il avait fallu en finir rapidement, elle m'ouvrit avec la conscience qui est la sienne une voie de pénitence qui se devait exemplaire :
Voler et voir ce que voit celui qui vole.
Ainsi fut dit au nom de tous pour mon salut !

Je m'appliquais du mieux que je pouvais pour fouiller dans tout ce que cette mise à l'amende offrait d'audacieux, de rédempteur, d'émancipateur afin de reléguer les manies navrantes et absolues de mon ennui souverain.

Malheureusement je n'en vis pas plus que celui qui vole. Pas plus que celui qui était resté courageusement allongé... Point d'éveil !
C'était pitoyable.
Pour autant l'évidence n'était pas devenue triste... Pas gaie non plus !
Comme dans sa tradition elle était et se suffisait !

Le hasard – C'était le nom que je donnais alors à tout ce qui me dominait - eut la charité, peut-être le cynisme (comment pouvais-je juger ?) de me mettre en relation avec Bey. Abraham Bey.

Cet homme avait voué son existence aux exilés de mon espèce et se commettait sans pruderie dans les volières de l'éducation du canon. Il soulageait par sa présence impérieuse, *certains* disaient inspirée, les types de ma trempe.

J'avais miraculeusement évité le bûcher. Abraham le savait. Il n'en profita jamais.

Mille jockeys sur vos râbles zébrés, mille aussi vous fûtes toutes à tournoyer...
Des casaques fauves, pourpres et rayées fondaient sur vos poils noirs et dorés...

Des toques sombres pointées, des cravaches trophées, pénétrèrent ce théâtre d'ombres creusé dans le gris ciel de l'étain...

Abeilles stressées ou guêpes bigarrées toutes en ligne défilâtes flanquées de vos jockeys !...
La fougue et la nervosité, à l'instar des plus grands haras, donnaient à cette armada l'aura bouillonnante d'une ample croisade...

Bandes nomades aux escapades cinglantes, de vos galopades provocantes vous sacrifiâtes, sereines, les derniers coins de nos siestes...
Abeilles ou guêpes vous passiez le spectre de nos piètres couleurs semant vos paillettes de sang sur nos moites litières de dormeurs...
Vous vous êtes acquittées de ce charme qui faisait de vous la voix curieuse de nos dépouillements... Et ces habits trop amples de jockey !...

Vos silences et turbulences scellés dans les jeux premiers de l'enfance éclairèrent nos existences somnolentes de la faible lueur d'une évanescente et hypothétique beauté...
Était-ce donc là, sur ce point cardinal, que nos yeux barbouillés de sénilité avaient soupçonné l'incommensurabilité d'une ombilicale clarté ?...

On m'assigna à la section des arts réfractaires et invariants. Dans la triste mémoire du jargon des bagnes éternels *on* la désignait sous le matricule de 'Chapelle des muséums'.

Ma mise en cage fut exécutée sur le large parvis du Prado.

Je me souviens encore du regard atterré des deux autres condamnés, frères ventouses, qui m'avaient envié ce sort humiliant !...
Peu après ma mise au fer je sus que tous deux avaient péri presque le même jour dans des conditions convenues...

Le premier s'étouffa mystérieusement dans la faisanderie des Offices le jour du vernissage de la collection d'aquarelles ou de gouaches d'Adolphe Hitler. Si j'ai bonne mémoire ce devait être au deuxième semestre de 1984.
Le second de mes compagnons, qui s'était cru le plus chanceux, s'abîma dans un entonnoir de basse fosse dérobée de l'allée Gutenberg ou de celle saint Paul, ou peut-être même de la Pie XII au sommet du grand colombier des archives vaticanes et romaines.
De la fumée et du feu !...

Mais qu'étais-je devenu pour demander des explications à l'administration. Bien heureux d'avoir pu tenir ma tête à bout de bras hors du purin !

La purge de mon excessif châtiment fut l'épicentre de ma vociférante douleur jusqu'à ce que Abraham veuille enfin m'approcher.

Quand je le vis, la première fois, j'avais un sacré cotât d'heures de vol sans que pour autant j'en fasse état à travers un brevet d'aérostier.
J'avais déjà effectué une majorité de repérages aériens dans la quasi-totalité des salles d'exposition. Le gros de mon supplice était déjà derrière moi.
Velazquez ! Le Greco ! Rembrandt !... etc...

Un temps, une vie, je pus me faire un petit coin de bonheur dans ' La charrette de foin' de Bosch...
Les efforts herculéens que j'avais déployés pour dissimuler cette minuscule joie à mes probables geôliers ne les empêchèrent pas de me muter sans préavis chez Goya pour que j'y cabote dans l'encre de ses sanguines.

Je dois le confesser ce fut pour moi comme si rien n'avait jamais été entre ce monde et moi. Résister n'était plus un mot mais ma Foi.

...Quand un flot de sang d'une harde de taureaux sacrifiés atteignit le bas de ma gorge - Une forte poigne de sédentaire 'caïniste' m'étranglait - la porte du septentrion céda me faisant tressaillir d'une terreur supérieure en libérant la vague d'hémoglobine qui avait déferlé sur et dans mon pigeonnier...
Je pus voir de mes yeux que l'abcès se libère toujours sous la pression subtile et profonde du scalpel effilé de l'alchimiste praticien !

Comment oublier ?

Des roulements sourds grondaient au loin, des feulements d'orage, des secousses basses de combats... Des combats sporadiques, des rougeoiements égarés sur l'horizon de la nuit...

Les brigades à doubles rayures battaient en retraite dans un balancement d'automate et laissaient derrière elles de profondes entailles polychromes...
Dès la fission de l'instant elles se déposèrent elles-mêmes dans le temple des conquistadores de la Foi...
Enfin, les larmes de Boabdil embrassèrent, les enlaçant en son sein, les corps estropiés au matin...

Certains avaient été étrillés par des picadors, d'autres - la presque totalité - dépecés comme des porcs par les bouchers à serpes d'or...

Un sauve-qui-peut bestial peaufina minutieusement l'équarrissage.

Il me fallut apprendre de ses visites à vivre à côté de lui.
Comme un fils au côté de son père... Revivre ? !
Je dus me convaincre de le suivre, moi si près de mon retour vers le sommeil, d'entrer dans son beau, de m'émouvoir sincèrement de ses remarques, révoltes et confidences...
En un mot que je sois le foie gras de son éthique.
Je voulus à tout prix voir les mêmes astres que lui. Il le fallait.

Mais comment aurais-je pu savoir qu'il n'y avait pas de Rédemption pour les corps sans conscience ?... Et qu'il ne fallait rien attendre de la virtuelle réflexivité de cette injonction ?...
Pourtant c'était pour moi la seule vraie chance. La seule chance d'exorciser ces stalags maudits d'oiseleurs.

Réussir à nommer ses cachots, n'est-ce pas là tout le rêve du prisonnier ?

Je le fis.
Je fis tout ça !

Que de sel dans ces larmes !...
Les jockeys gisaient entremêlés sur la surface gelée de cette terre... Leurs montures aux scellements et harnais incrustés de toutes les richesses, sous ce poids, suffoquaient sans mot dire dans leur fourrure maculée...

Des ruissellements sombres et collants unissaient leurs visions ultimes depuis que tous et toutes pesaient sur le monde sans dessous...

Le glas des corbeaux de brume suivait les tombereaux et répondait à l'écho des râles de cette piteuse chair mercenaire...

Il sonnait à ces coupables le reproche de l'immuable :
"Et de l'amour dont vous étiez garants, jockeys, qu'en fîtes-vous ?"

II

Abraham Bey ne se baignait jamais ailleurs qu'en Méditerranée et presque toujours à pas plus de trois mètres du rivage.
Je lui demandais pourquoi il m'invitait à faire la planche comme lui, la tête dans l'eau, et surtout pourquoi il me fallait éviter tout laisser-aller intempestif ?
"C'était, disait-il, pour écouter l'incorruptible message d'Ulysse".
Moi, je m'appliquais à bien m'allonger dans ces flots légers, les doigts de pied émergés et les oreilles profondément moulées dans l'onde salée...
Il m'était impossible de comprendre que la chance ne voulut pas me décocher ni sourires ni mélopées. Ne fussent ceux et celles d'un Ulysse !

À ma décharge – était-ce un défaut de répartition de poids dans mon corps ? – à la moindre vaguelette j'embarquais par le nez !

Alors Abraham braillait :

"De la concentration ! De la concentration ! Si vous ne pouvez pas vous concentrer sur un sujet si mince vous resterez à jamais ce que vous êtes !
Un marin de terre !!!".

Résonnez vallée de vos hymnes malodorants !...
Écrivez romans le pas de ces ballets !...
Sur les casques martiaux à volutes ciselées le grain des reflets caressait encore les rameaux de laurier...
Les glaives à pommeau sculpté encombraient un sol labouré et dressaient leurs têtes d'équidé dans l'expression terrifiante de l'interrogation désespérée...

Ces clichés de campagne calamiteuse soudain en repli se fixèrent au-delà et en deçà de l'infrarouge et de l'ultraviolet.

Bey quand l'extase l'étreignait, *on* l'entendait rire.
"C'est le rire homérique !" me disait-il.
Je trouvais, sans avoir de ressorts pour le dire, la comparaison intéressante entre deux ou trois éructations grasses et mouillées.

Quel bien fou me firent ces cures !... Rendons grâce à Bey !... Adieu sinusites, lourdeurs de jambe...
Comment pourrais-je dresser une liste exhaustive de ces bienfaits 'thalassothérapiques' ?...
Un fait pouvait être pris au sérieux :
Ça allait désormais beaucoup mieux.

"À propos, Abraham, risquais-je un jour, pourquoi ce rituel dans si peu de profondeur ?"
Et Abraham me dit les yeux mi-clos, tandis que je m'étais posté debout à son côté, à l'aplomb de ses yeux :
"Je pense qu'il n'y a qu'ici que nous pouvons, vous et moi, nous targuer de détenir une quasi certitude. Celle de ne plus perdre pied à défaut de garder intacts nos longs chapelets de maux chroniques !".

Des éclats de calendriers fusaient comme des boulets vifs et meurtriers...
Les fèves des jardins annexés s'offraient à qui avait encore au moins une main pour s'en saisir...

De longues files immobiles de gueules meurtries, rangées, lasses comme des larmes de taureaux, quémandaient le repos aux ombrages aigus d'une vaste forêt de mandariniers sauvages...
Casaques jetées sur des talus d'orties... Frocs tailladés, en charpie, pendaient aux arbres foudroyés comme de trop mûrs kakis...
Les jockeys sur le bout de leur invraisemblable passerelle s'enfonçaient dans un futur, dos et nuques face à leurs chimères...
Les abeilles ou les guêpes étaient restées à cantonner sur les infertiles prés.

À bien peser, la nature aurait mieux fait de rendre grâce à ces êtres faciles pour, peut-être, espérer les refaçonner dans l'argile de ses chapelles subtiles ou les perdre à jamais.

Ceux qui s'en sortent ne restent pas. Comme ceux qui naissent : Ils s'en vont.
Je ne parlerai donc plus de pierres. J'ai pris la mesure des tracas et déboires que je vous ai causés... Mais laissez-moi encore quelques faits !

Abraham Bey respirait lentement - en gourmet - les embruns du large ; nez plongé dans les vagues qu'il voyait...

Il regardait sortir les bateaux de la rade... Toutes sortes de bateaux... Des marchands, des guerriers... Des qui vont droit, des qui tirent des bords, des qui baladent le touriste... Qui hésitent et qui reviennent à quai décharger/recharger...
Certaines denrées ne tenaient plus la mer. Ainsi étaient-elles devenues !

Puis il dit : "C'est plus beau que le tombeau d'Aliénor... Fontevraud... L'abbaye de Fontevraud ! Vous connaissez ? Il y a peu encore j'avais une réplique réduite de la gisante taillée dans un marbre noir... Je ne la retrouve plus. Quand Aliénor est morte le roi d'Angleterre parlait sa langue. La langue d'Oc !... Il écrivait ses poèmes avec les mots d'Aliénor... Les seuls qu'il eut vraiment connus... Richard, le cœur d'Aliénor !".

L'obscure parenthèse s'étira six nuits, sept jours.
À l'aube du dernier les abeilles ou les guêpes, ailes lissées, pelage en majesté, improvisèrent l'ordre de la dernière marche.
La clameur des troupes répondait aux saluts de ses généraux...

Les jockeys haillonneux, fiers de leurs bombes étoilées, prirent les sceptres de cuir tressé pour frapper leur torse décoré et enfourchèrent celles, abeilles ou guêpes, qui les extirperaient de ce dédale devenu 'a-centré'...

Alors, dans un bal irisé les cuivres et les timbales... L'air chancela ; un trouble s'éleva... Puis plus rien, ou presque...
De petites particules de poussière d'étincelles effondrées retombèrent sur l'inventaire de cette terre.

L'urgence d'un cataclysme, d'une calamité inscrite avec ses rites et ses tics réclamait l'entrée de cette combinaison pour balayer tout ce mal présumé empilé dans les têtes...
Je veux dire celles des jockeys !

Deux sirènes obscènes, seins artificiellement gonflés s'enlaçaient avec fièvre au sommet d'un iceberg...
C'était tatouage de marin qu'ils s'étaient piqués... Gris souligné de carmin !
... Gage de fraternité burinée sur le gras du bas-ventre, unique Verbe à présider leurs pensées...

(Ainsi put s'expliquer l'obsession des glaçons dans toutes leurs boissons !... Touché ! Coulé ! La cruche brisée... etc. Assez ri les amis !)

La neige survint enfin avec ses lâchés et ses si beaux jurons... En bourrasques et inédits tourbillons elle couvrit entièrement du sceau de sa pudeur cette parcelle de temps figé, coagulé sur les terres glacées...

Toutefois tous décidèrent d'aller plus haut, infiniment plus loin que leur pauvre vocable et de forcer une percée, une issue honorable à leurs si grands sentiments.

Henri le père, roi et mari, geôlier et trahi, ne put rien dire tant sa langue était faible. Pourtant son devoir aurait été de hurler en ce qui deviendrait le fastueux castillan que l'*on* connaît :

"Cria cuervos y te sacaran los ojos ![1]".

Aliénor avisée de politique pensait peut-être déjà à l'Amérique... Richard, lui, à son ventre seulement.

---

[1] Elève des corbeaux et ils t'arracheront les yeux.

Depuis quelques jours nous étions, Abraham et moi, sur les bords du Bourget à explorer ce que nous pensions explorable…
Sur la longue promenade de front de lac nous devisions nonchalamment sur l'avenir du monde, de la folie des poètes - Empédocle ne s'était-il pas jeté dans l'Etna ? -, des mœurs et de bien d'autres sujets superficiels comme seuls nos rentiers du 19ème avaient su le faire. Comme eux, il faut bien l'avouer, nous tuions notre temps. Nous assassinions ces plages d'expansion avec une délectation certaine, traînant nos pieds dans les gravillons, écrasant nos fessiers d'un banc l'autre et scrutant le sol pour y déceler quelques résidus de pensées novatrices comme s'il s'agissait de trouver les clefs qui permettent de ne pas être les dupes des chaînes qui entravent nos vaines réflexions.
Évidemment le Bourget ce n'est ni Annecy ni le Leman ! Mais pour nous c'était bien suffisant.
… Ardoises magiques où rien ne s'efface…

À proximité de l'embarcadère du Châtillon Bey me dit l'œil aventureux (et le cœur sans doute !...) : "Et si nous prenions un canot automobile ? Regardez comme Hautecombes nous tend ses hautes futaies !... Allons jusqu'aux roselières !"
Me sentant hésitant il me supplia comme un enfant : "Une heure !... Juste une petite heure !".

Ce à quoi je cédai.

Un nouvel éclairage sur ce ciel... Un voile quadrillé en premier plan... Derrière, le violine des rayons d'un couchant. Le bleu sanglant des océans, un plafond carré, sans nuage... *On* pouvait voir l'esprit tanisé s'éthériser à grandes bouffées de cette lie...

La boule de mercure orangée était posée au centre de la scène. Inoffensive, indifférente... "Je peux la regarder, je ne la comprends pas !" balbutia de son coin un jockey agonisant.

Puis des myriades d'étoiles s'étalèrent devant ses yeux interdits.
Les cascades lentes des nébuleuses s'étaient configurées en sextil et la facilité avec laquelle *on* pouvait les confondre avec les marches incrédules du soupçon troublèrent l'ensemble des raisons...
Dès lors qui pouvait en conscience empêcher l'intuition d'infini d'édifier - même un nid modeste - dans un cœur promis à la noyade ?

Doucement nous sentions l'abbaye de Hautecombes se rapprocher. La distance s'étirait et notre point de départ se tassait, se rangeait comme un joker dans un jeu de cartes jusqu'à ce que ce même jeu devienne à son tour tête d'allumette et finisse par basculer derrière l'écume du bateau.
La surface du lac se courbait.
Vertige !
Vertige de bleu profond, unique. Le fil tenu qui nous amarrait à notre but se distendait dangereusement. Hautecombes s'esquivait vers le lointain nous escamotant ses gisants.
La résonance du fracas du moteur me revenait comme les hurlements d'une foule qui hue ceux qui ont été vaincus...

"Bey !" dis-je "Retournons !"

Nous étions à peu près à mi-chemin ou pas bien loin.

Cette heure implorée s'était dissoute et je ne me rendis pas compte de la surface de cette monstruosité de profondeur que les quelques Ombles chevaliers qui avaient survécus (peut-être ?) ne se défendraient certainement pas plus que nous…
Le vertige reprit.

Me dédoublant certainement je nous aperçus de dessus, bien au-delà du vol du vautour, comme deux petits pions sacrifiés encagés dans la pénombre des nuages.

L'acidité des oriflammes des soirs ventés soulignait, comme s'il l'avait fallu, ces plaines de purgatoire. Clignant des yeux et se secouant les uns les autres ils crurent voir dans un contre-jour ces abeilles ou ces guêpes les narguer du maigre soupirail de leur quête...
Et encore, encore, les hyménoptères tintinnabulaient... Ils appelaient au départ leurs fardeaux en espérant en extraire l'espérance enragée de l'impitoyable temps... Je veux parler de celle des jockeys !

Les cuivres des cliques de campagne, les tambours et les piétinements cherchèrent l'accord sans quoi rien ne pouvait être... C'était ce que voulaient beugler à la face du destin ces fanfares... Beau et plaintif tintouin !

Je pouvais dire : "Le soleil brille."
Instantanément le soleil brilla...
...Et toujours cet arc-en-ciel déroulé comme la langue gluante du fourmilier !

"Laissons les larmes à ceux qui savent pleurer !"
Ce fut ce qu'il me dit en descendant degrés par degrés les ruines de la travée centrale du théâtre antique de Taormina.
Il me toisait, magnifique et théâtral, comme un coryphée le doit à son chœur.
Mais cette arrogance jouée me parut réelle et couverte de reproches.
Était-ce ma faute si nous n'étions plus que lui et moi ? Des larmes et des regrets ? !
Des larmes et des regrets !
"Qui doit savoir pleurer ?" Répliquais-je sèchement.

Nous construisions une tour pour protéger notre centre infiniment vide.
Comme deux acrobates nous nous montions l'un sur l'autre, pieds sur dos, pieds sur épaules, mains dans mains poursuivant sans relâche la représentation dans la rectitude et la verticalité du premier cercle, de notre base, ne notre savoir inné.
La scène ronde et millénaire glissait sous son voluptueux naufrage solaire.
Cette régulière disparition entrebâillait la porte du labyrinthe des siècles.

Notre résistance au *plein*, au *profond* était devenue l'inspiration du tragique et de l'héroïque de nos expéditions.

Les jockeys drapés de djellaba, chapelet d'ivoire noué aux doigts, chéchia au ras de leur regard, célébraient les souvenirs heureux de la fête des fruits de la saint Eloi...
Ils bâtirent leur campement sur les étendues rases gardées par le flux consolant des minarets et se laissèrent bercer par les litanies fulgurantes de délicieux versets.

Amertume... Amertume ! Tout se dissout...

Mirages de noria de bêtes liées et d'esclaves sanglés...
Blanches fantasias dans l'éther saoul de l'aurore des douars où les nuits furent toujours la magnificence des jours, où les rêves choyèrent les ondes qui submergeaient les peurs ; où encore l'errance du temps ne put jamais prendre tribut sur les inlassables risées intangibles du reflux.
C'était un âge où les abeilles ou les guêpes adossées aux dunes s'enivraient avec la complicité des lunes de l'eau pure tirée des puits creusés dans le roc du secret...

Au-dessus d'un catafalque de Marabout un ciboire andalou étincelait de sa splendeur divine et révélait aux jockeys le nombre géométrique des arabesques du savoir...

Les salles éclairées enfilées au grand collier de Kétchaoua [2] la bien aimée s'égrainaient lentement et dévalaient comme des pierres de fondrière à travers les oliviers du prophète.
Paroles consacrées assemblées en palais !... Témoins du mouvement de toutes les espérances !...
Seule la mer continuait à polir ses galets pendant que les cultes souillaient tout ce qui aurait pu devenir.
La rosée photonique de ses aiguilles acérées recousait le velours toujours doux des abeilles ou des guêpes... Une exubérance de notes les emporta, ballerines exquises, sur la grande partition étoilée abandonnant les jockeys à leurs ivresses étriquées et grossières.

Puis vint cette formidable envie de célébrer avec les cris de la passion le ravissement de ce monde nouveau qu'elles pressentaient palpiter dans un coin de l'incréé, du moins ce qu'elles en imaginaient, tout près de leur impensable case départ.

---

[2] Mosquée Kétchaoua (Alger)

Avec quel sens de l'équilibre avions-nous su délimiter et protéger ce qui était devenu par la force de nos efforts et de nos faits mesurés notre tour et notre sublime.

"Dites-moi, Abraham ?... Une question me taraude... bien que ce ne soit qu'un détail... Vous me diriez : Un détail de taille !... Oh ! Je vous connais vous et vos réparties perforantes !... Mais ça me brûle les lèvres !... Je ne sais pourquoi j'ai envie de vous poser des questions... dans le fond éculées !... Mais à qui d'autre les poserais-je ?... Cela fait un sacré bail que l'*on* se pratique tous les deux, hein ? Quels secrets n'avons-nous pas partagé ? Sur des tas de gens, des tas de sujets.
Pour les gens l'affaire est réglée. Nous voilà seuls maintenant, œil contre œil, front contre front... J'allais dire respiration contre respiration quoique ce ne soit pas exactement la situation... *On* pourrait penser à une fâcheuse opposition ! Ce qui est tout sauf ça !... N'est-ce pas Bey ?".

Sur le tempo des vibrations de peaux des galères elles comptèrent à leur manière tout ce qu'elles possédaient de malheurs et de peurs.
Ce ne fut pas rien pour elles que de le faire ! Il était entendu qu'au bout de l'Univers - du leur - était un soleil resplendissant et généreux...
Mais comment pouvaient-elles s'en satisfaire puisqu'aucun de ses présumés bienfaits ne parvenaient jamais jusqu'à elles ?
Elles subodorèrent dans cette injustice, qui n'avait à l'évidence de valeur que pour elles, les jours furieux à venir où les paroles décaties par leur débauche pléthorique n'auront même plus le moindre sens.

Un jockey illuminé dans son trouble, poète aux tournures délicates, comme pour apaiser ce qui s'échauffait, chuchota :

"L'homme de mots
est un arbre naissant,
larme de copeau
et âme du roseau...
Somnambule inféodé
Au sable des secondes...
Au large !
Au large !

Contrefacteur de phrases,
Cet homme clos de pages
Dans l'âtre de l'injustice
Enjambe l'ordre de ses fondations.
Au large !

Que peut-il exiger de la grande grue ?
Qu'elle rende à nos vieilles fesses
Son bouquet de compresses
Et qu'elle se confesse ?...
Au large !
Au large !

Que de marges
Sur les quais de l'âge,
Que de fausses pages sages !
Armures et murmures,
Masques et rages dures...
Tornades d'images !
Du large !

Les barges de la nuit
De suie et de topaze
Ne livrent plus ses plages aux vertus."

Elles entendirent encore après un soupir :
"Ce sont les mots que l'*on* dit qui nous jugent".

"Cela peut paraître stupide ce qui m'arrive mais je ne peux plus différer. Pourtant j'aurais juré que nous étions d'une proximité telle que même une feuille de papier à cigarette ne pouvait se glisser, s'immiscer... Certes vous m'avez toujours intimidé. Abraham, je vous en conjure, prenez mon rythme et répondez-moi !... Craignez-vous Dieu ?"

Et Abraham me dit dans son sourire lointain déjà :

"Je vous dois deux réponses mon ami, en sachant qu'il y en avait hier encore autant que d'hommes. Mais puisque désormais nous ne sommes plus que vous et moi je dirai :

1/Nous vivons dans l'ombre de Dieu.

2/L'idée même de Dieu n'est plus qu'un faux problème puisque bientôt nous serons seuls ou vous ou moi, puis très vite et vous et moi...".

"L'arbre de mots et ses oripeaux, arbre de langage, bel aréopage !...
Grosse cage !...
Attrape lourdauds !... Quiproquos et filoutages !"

Voilà ce que chantait la fine fleur des jockeys affalés dans des paniers d'osier...
Ils vociféraientq d'autant plus fort qu'ils pensaient échapper à leur sort.

"De quels rameaux doit être faite la cime ?
De ceux fameux du renouveau !"
Gueulaient-ils aussi, hilares, se tapant sur les cuisses.

Le fouet tournoyait, puis claquait, et ses étrivières plombées cinglant l'air obligeaient celles qui n'étaient plus qu'ailes et antennes amputées à baisser leur asthénique garde... lasses... épuisées... meurtries.
L'horizon défaillait dans la houle voilée d'une chétive brume... La ligne s'était courbée sous la dentelle ouatée et empesée des vents alizés...

L'heure du martyr était venue pour ces sœurs du dénuement !...

Il avait fallu qu'elles soient dupes des anciens et de leurs paroles sablées jusqu'à emprunter leurs rêves bâclés ! Elles s'étaient laissées incarcérer sans douter dans les lettres des phrases de craie !
L'exil n'a la saveur que de la sueur et des plaies.

Les jockeys oublieux déliraient au point de ne voir dans tous ces malheurs partagés que les leurs.

III

À vrai dire je n'avais pas pris la mesure de l'ampleur ni celle de la portée définitive des réponses que me fit ce jour-là Abraham...
Nous fêtions par-delà ma conscience l'instant suprême de totale disparition.
Un ultime mouvement de naseaux monstrueusement avide de l'air de cette terre l'entraîna vers ce qu'il lui restait à conquérir...

Dans cette histoire accomplie je crus mordicus avoir déjà vu cette scène dans les dernières images du seul film que j'avais dû tourner.

Dans ce climat délétère autant qu'hyperboréen se percutèrent les interrogations des plus tristes matins.
L'empoignade qui suivit loin de taire les désarrois créa l'ultra de la disgrâce.
Ce lot de représentations extraites d'écritures apocryphes faisait éclore des croyances sans axe, insignifiantes dans leur somme :
De l'ordre du grain de riz sur l'échiquier... de la grande tonte annuelle des œufs...

Pour les abeilles ou les guêpes ce monde boiteux n'avait pu s'édifier que sous le fléau de la plus profonde légèreté des jockeys. Sans quoi, elles en étaient presque sûres, elles auraient su croire.

Un cri érafla le soir. Un cri noir, allègre comme un aller-retour dans un abattoir...
C'était un appel placé au plus haut niveau du frisson.
"Alerte !"
Le guet que personne ne connaissait par son nom justifiait le gain de ses deniers.
"Baleines à bâbord !"
Il nous le dit trois fois (et non le répéta) en brave de Zanzibar...

Dans un silence suspendu sur sa portée il précisa :
"Des Baleines-Jonas !"

Pour ce Jockey aux aguets l'identification, la qualification, l'expertise avait été d'une simplicité qui ne donnait à personne et en aucune façon la possibilité, si mince fut-elle, d'induire un quelconque doute imputable à la duplicité.
Les armes de Ninive flottaient comme des ballons de foire au faîtage de leur jet dorsal.

Pression, présage ?... Présage, pression ?...
Était-ce bon ? Ou comme toujours mauvais ?...
Les colombes sacramentelles furent lâchées et de leur vol en spirale la droite fut déduite !...
Point ne fut besoin de traduire l'oracle à l'auditoire tendu.

Cependant des pipelettes précieuses sous les bancs commentaient les origines des nouvelles arrivantes.
"La Baleine-Jonas est une espèce élue à qui l'*on* a cloué sur le plancher suintant de ses entrailles un parasite-passager."

D'autres dissimulées derrière un linge rapportaient les relations d'un naufrage expiatoire et plaignaient, s'identifiant sans peine à elles, ces baleines. Qui mieux qu'elles pouvaient savoir les peines qu'elles furent obligées de dissimuler à ce monde pommelé de faux passagers ?
"Les Jonas !" Dirent-elles en chœur.
Ce tableau famélique de rafiot gibbeux manquait fichtrement d'esthétique !
Pensez ! Un lupanar sans orgie !...
Alors les abeilles ou les guêpes, rabots à pleines volées, improvisèrent solidaires comme aux jours bienséants une sérénade où canons et vocalises se marièrent dans leurs rimes sur le rythme des 'Soumises'.

"Jonas, Jonas !
Impairs et passent,
C'est une farce
Où tous trépassent.
Jonas, Jonas !

Jonas, Jonas !
Ton Dieu bonasse
T'a redit : Toi, passe
La mer comme un as.
Jonas, Jonas !

Jonas, Jonas !
À Ninive ta carcasse !
Je sais que j't'agace !
Fais gaffe, ça casse !
Jonas ! Ô ! Jonas !"

L'ivresse du large bien sûr !
...Mais dis-nous Mare nostrum combien en as-tu enivré de tous ces vrais ou faux passagers? Combien ?...

Bref !...
En un mot Abraham Bey avait repris le chemin de ses champs à l'heure de sa sieste... Sans aucune délicatesse ! Comme ça...

"Action de grâce !... Mille fois grâce soit rendue à notre Abraham !" Aurais-je dû vociférer pour me soulager.

Comme si ma condamnation trop vite oubliée retombait telle une enclume dans ma fosse à purin...
Je m'assis sur un coin de mon lit de camp pour évaluer, soupeser, les entrées et les sorties... Plus rien ne balançait !

Les dernières nuits m'avaient harcelé par des déchirements brutaux et malsains... Ayant déroulé tout mon fil, ma pelote s'était résignée.
Je décidais de ne plus jamais dormir la nuit.

"Pourquoi ne pas s'enticher de ceux qui préfèrent vénérer le plaisir plutôt que l'hommage ? Au nom de quoi ? De qui ?...
Même si ce ne sont que des jockeys, et que tout ce qui émane d'eux n'éveille que grisaille et ennui, salissure et bêtise ?..." Se disaient-elles dans leur communion naturelle.

Toutes ces blessures s'accumulaient comme des valises apprises dans leurs consignes célestes...
Des mots de pauvres, de croyants ordinaires... Dérisoires certes, mais si grands pour ces reines.
Elles avaient encore la force de s'émailler de sourires complices saturés des reflets d'un monde qu'elles auraient voulu aimer, ne fusse qu'un instant, le jour sacré de leurs épousailles.

Sur le pont les jockeys portaient si beau ! Comme de petits danseurs de tango ! Ils se vantaient de pouvoir se sauver, de se 'rédempter' au nom de leur si grand destin.

Ceci se résumait dans un tonitruant :
"Larguer l'essaim !!!"

Les abeilles ou les guêpes avaient su l'existence de monstres marins pilotés par des avortons...
On le leur avait dit.
Elles croyaient les grands arbres des forêts nourrir volontiers le lierre et le guignon...
On le leur avait raconté.
Dans le passé, avant la grande rafle des jockeys, elles avaient butiné sur les ballasts infestés de ronces et côtoyé les martinets affaiblis par les tiques !
Elles savaient tout ça. Elles y étaient !
... le fer. Le fer des armures des soldats s'effondrer sous la masse de la rouille... Et puis le coucou !...

ASSEZ !

Aussi, elles prièrent et supplièrent de toutes leurs forces le monde d'avouer pourquoi il n'avait pas su créer dans les mers de cette terre un rocher sans l'en affubler d'une colonie d'arapèdes ?

L'intolérable concrétion de misères solitaires avait suffisamment indisposé mes petites morts pour qu'in fine, sans hésiter, je m'admoneste la grande...

Une moitié d'humanité venait de disparaître sans aucun bruit... Pire ! Sans que je ne m'en rende compte... ni que je puisse en rendre compte à qui que ce soit...
Seul c'était devenu...

Je glissais vers la somnolence grave de mes débuts. Je tentais de m'accrocher sur la piste de la sieste pour négocier une compromission honorable avec la moitié qui devait me rester.
Résister aurait été de m'organiser.
Pour être juste envers moi-même, j'avais essayé la savante récupération par quart d'heure. Mais techniquement cette lutte conquérante m'avait été irréalisable dans la durée.

L'immatériel égarement ne m'avait rien laissé.

Quelle heure pouvait-il bien être ?

Pour les jockeys il ne fallait plus rien consentir. Il y allait de leur quête, de leur renaissance à eux-mêmes.

Les flots, sentiers du témoignage, se constellèrent de petits flotteurs ocreux et ténébreux. Dans le sillage de la nef ballottaient des petits corps corrompus sur les pics écumants des vagues... linceuls de bave tranchés par l'étrave... Les charognes jaunâtres reléguées à la clandestinité avaient été liées comme *on* lie des bouées au grand chalut...

Fatalement au matin du jour nouveau la petite ruche occupée à tisser la trame du supportable ne put voir l'oppression se replier dans le gouffre de sa laideur.
Un chant faiblard porté par le crachin glacial vint ensorceler les gréements du navire et le fit vibrer tant et tant en résonance qu'au sommet de ce charme tout ce qui avait vie en ce bord était en transe...
De cet irréel une sentence obscure resta inscrite seule dans la mémoire nouvelle des abeilles ou des guêpes...

"Vous, vous montrez tout, et n'avez rien !

De l'amour qu'en feriez-vous si Dieu ne vous prête rien ?"

Je ne pouvais pas reprendre de souffle... mon souffle.
De ces évanouissements je subissais ma chute intérieure, blocs de béton aux pieds, sans pouvoir tenter un geste de survie...
Alors j'ouvrais les ' Sermons et traités' de Maître Eckhart, picorant nerveusement sur le dos de mon errance les quelques pauvres grains jaunes qu'il m'était possible de voir, sans savoir ce que je cherchais.
J'avalais tant de vide furieux que j'en devenais quasiment hémiplégique...

Je parcourais ces textes dans une confusion totale sans finir un paragraphe ni même une phrase... Le sens des mots ne m'atteignait plus. Dans un accès de rage autodestructrice je me dis que désormais je ne pourrai plus que partager les pauvres consolations de Boèce.
Ces quelques minutes d'atermoiement m'ayant partiellement éclairé sur mon état (chercher la voie !) je tombais sur un passage évoquant une montagne à deux faces... Toutes deux à gravir !
Si mes souvenirs sont conformes (je ne peux, hélas, le certifier) c'était du sommet uniquement que l'on pouvait contempler les deux faces... le Tout.
Pourquoi me dire que la vérité ne pouvait s'entrevoir que du sommet... du centre... du fond de soi... peut-être de la mort ?...

Comment puiser la force pour entrer dans ce foutoir liminaire ?

Sur l'arène, triomphales, encombrées de leur peine dotale, nos foraines joviales fagotées dans leur suave sans-gêne, plébéiennes de cristal et vestales païennes, mais aussi hyènes enduites de santal débarquèrent là où les narvals avaient coutume de s'échouer...

Outre ces cétacés à l'appétit sidéral quelques Baleines-Jonas et autres esquifs de pleine mer gisaient dans ce cimetière de nouvelle terre...

Une étoile citoyenne illuminait de ses feux les contours menaçants du rivage. Un mât de cocagne, siège zénithal de ce désordre floral, arborait sur son chef une casquette d'amiral.

Des lianes de crotales au toucher de velours moiré balançaient au-dessus des diagonales de l'amour.

Ces funestes rubans, comme des faveurs, ornaient les gueules des squales.

Un souffle de carnaval remontait, confus, les allées monumentales parées de chacals embaumés aux traits si parfaits qu'ils pointaient de leur truffe partiale la direction du fatal.

Lézards, caméléons sculptaient dans l'écart, par l'entrecroisement de leurs langues étales, une voûte de bave décorée de pétales et dallée d'yeux de glace.

Les forces de l'aveuglement auraient pu être un marais de blocages sans la complicité cupide d'un omble chevalier marchand de passage.

Les abeilles ou les guêpes libérées depuis peu de leur servage cédèrent et s'acquittèrent de cet inévitable péage.

Le passeur au ramage perlé, maître d'un protocole complexe et ampoulé, prouvait sans conteste qu'il était le seul à pouvoir distiller une absurde évidence de l'alambic prolifique de la parole... Il se mit donc à prophétiser que ses phrases folles dévaleront dans les rigoles des cités et arracheront les camisoles des cloués au sol... Que tout ne pouvait qu'être que bien et simple selon le principe d'économie, que les symboles favoriseront l'éclosion de la plus grande vérité, que la voix de l'hyperbole les guidera avec éclat vers leur dernier col.

Il dit aussi, l'œil noyé de larmes, que son écot aux semences nouvelles ne pourra qu'alourdir la pierre du fils d'Éole...

Il termina sur le ton de la confidence : *On* a toujours des plans au fond de ses placards. De vieux papelards pour étouffer ses bobards. Ah ! Cette volonté de tout dire !

La vérité ?
Belle essence inconstante et soluble qui glisse dans les mains comme du sable et colle aux semelles comme de la merde !

Je vous le dis : Ce monde a été fait pour être écrit.

Je restais méditatif et las, arrimé à cette image à la géométrie peu orthodoxe et m'essayais à reconstruire mes visions.
Tout d'abord, me dis-je, une montagne est un volume.
Trois dimensions...
Puisque ce volume a un sommet représentable par un point unique il ne peut s'agir que d'un cône.
Comme je la voyais cône, cette montagne, comment aurais-je pu la voir à deux faces ? Plate comme une limande ? Aussi fragile qu'une feuille morte...
Il y avait bien une base à cet édifice pour que l'*on* puisse tenter une ascension et comme notre chantier était un cône, la base de notre aventure ne pouvait être qu'un cercle !... Aucun doute !
Que me revint-il dans cet espoir mince ?
L'infinitude des chemins ?...
Tout finit par tomber dans la piscine des mots, des images, des odeurs. Ça prend à la gorge comme un cauchemar d'asphyxie...

Alors notre messe assurément certaine se redit dans son silence.

MISERERE !

Selon la volonté de l'image les yeux du rivage laissèrent filer les abeilles ou les guêpes sans bagage travesties en grimaces...

Ils en avaient tant vu... Des ravages, des moissons, des vendanges et tout ce boucan ordonné par les certitudes du nouvel âge qui pointait...

C'est ainsi qu'elles découvrirent ce lieu boisé dont l'orée était balisée de squelettes ailés, de carcasses aux mandibules cariées...

Ô ! Nécropole de pendules aux ailes fanées !

Ô ! Terre des anges !

Les vents argentés venaient là s'essayer sur ces os accordés. Côtes, plumes, osselets de geindre et de tinter !

"Vous pouvez fouiller, abeilles ou guêpes" dirent-ils "dans ces crânes mités : Des nouilles ! Des nouilles !... De ceux qui prirent part au festin, pantins égrillards à mine de satin, galopins au miroir, mélancoliques et avares, ou simplement jaloux... Voyez !...

Voyez ceux qui vous ont effarés ! La grande putain a depuis vomi leur chair braillante de ses desseins dans vos becs de busards !..."

De ces mets byzantins dressés sur nénuphars, de ces vins florentins au bouquet passé ces anges hautains en eurent plus que leur lot !

Ils poussèrent le toupet jusqu'à abandonner aux calotins leurs parts illusoires de hasard !

De ces gratins tibétains qui crucifient les langues et débrident les cœurs ils jetèrent plus que les restes à leurs fidèles jars...

"Voyez ceux qui vous effarent !...
...Des chérubins sans instinct et sans dard qui n'ont su que se gonfler du *rien* au gré quinteux de leurs grosses moues de bambin...
À choisir qu'auriez-vous désiré ? De les voir blonds ou châtains affalés aux comptoirs de rades de coquins, le regard caressant comme celui de ceux qui se veulent plus malins ? Ou attablés devant un torpilleur de calamars à l'encre, la babine libertine, face poissée de fards, entreprendre des catins ?"...

"Interrogez-vous sérieusement sur ces acteurs serviles qui n'eurent point d'état d'âme à se laisser adorer des peuples dociles pour la plus grande gloire de leur maître versatile...

Ô ! Dieu des cantiques et des ex-voto, empereur de nos coliques et des lamentos, roi des aspics et des manchots !... Rendez l'amour !... Et les berlingots !

Rendez aussi tous les mutismes car le moment est venu de danser l'ultime fandango !"...

"De grâce, abeilles ou guêpes, ne demandez plus rien au *rien*. La nuit a gobé ses matins... Quant aux mémoires de nos absences, elles se sont fait emballer par des vauriens !...

Et hop ! Au musée ! Comme tout le monde !...

Allez ! Allez ! Sachez passer !
Nous ne sifflerons plus nos chants surannés désormais, notre bile a coulé et le flambeau s'est éteint.

Si, d'aventure, vous vouliez vraiment sortir de ce pétrin, dirigez-vous vers ce fortin que vous pouvez observer d'ici. Regardez bien !

Au grand bassin vous demanderez votre chemin au patriarche des lamantins.

Qui peut savoir ce qu'il aura à vous dire?"